LES

QUATRE SAISONS.

POËME.

LES
QUATRE SAISONS,

OU
LES GEORGIQUES
FRANÇOISES.

POËME.

Par M. Le C. de B.

A PARIS.

M. DCC. LXIII.

L E S
QUATRE SAISONS,
O U
LES GEORGIQUES
F R A N Ç O I S E S.
P O Ë M E.

LE PRINTEMS.

C H A N T   P R E M I E R.

J'Ai chanté les heures du Jour :
Je chante aujourd'hui le retour
Et le partage de l'année.
Flore, que ta main fortunée
Préfente l'ouvrage à l'Amour.

A 3

Dans les antres de la Scythie,
Vertumne, vainqueur des hivers,
Vient de remettre dans les fers
Les fougueux enfants d'Orithie.
En vain leurs affreux sifflemens
Nous déclarent encor la guerre,
En vain, dans leurs soulevemens,
Ils ébranlent les fondemens
De la prison qui les resserre ;
Le Printems a sauvé la Terre
De leurs cruels emportemens.

Le Fils d'Eole & de l'Aurore,
Zephir enfin est de retour,
Ses transports ont réveillé Flore,
Et les Fleurs qui n'osoient éclore
S'ouvrent aux feux de leur amour ;
La Nuit céde au Jour son empire ;
L'Hiver s'enfuit au fond du Nord,
Et la Nature qui respire
Sort des ténébres de la mort :
Immobile au centre du monde,
Le Soleil que nous revoyons,
Orne sa tête des rayons
Qui rendent la Terre féconde.
Déja des Lacs les plus profonds,
Ses feux ont fondu la surface :
On voit tomber du haut des Monts
Des monceaux de neige & de glace.

Qui fertilifent les Vallons;
Les rochers découvrent leur cime;
Dodone leve un frond fublime
Que refpectent les Aquilons;
Et de l'Hiver tendre victime
Cérès du fein de nos Sillons
Sourit au Dieu qui la ranime.

Dans fa cabane confiné,
Le Berger au pied des montagnes
Célébre le mois fortuné
Qui vient embellir les Campagnes;
Tout renaît, tout brille à fes yeux,
Les arbres fe courbent en voute;
L'onde plus pure dans fa route
Réflechit l'image des Cieux.
Content; il fe leve, il s'écrie,
Et tandis que la Bergerie
Se réveille & s'ouvre à fa voix,
Le troupeau marchant fous fes loix
Bondit déja dans la prairie.

Arbres dépouillés fi long-tems,
Couronnez vos têtes naiffantes,
Et de vos fleurs éblouiffantes
Parez le trône du Printems.
Elevez vos pampres fuperbes
Sur le faîte de ces Ormeaux:
Vignes étendez vos rameaux,
Jafmins fortez du fein des herbes;

Montez, ombragez ces berceaux ;
Et vous aimables arbrisseaux
Lilas croisez, tombez en gerbe
Ornez ces portiques nouveaux ;
Que l'Air se parfume & s'épure ;
Que l'Onde jaillisse & murmure :
Que rien ne trouble un si beau jour ;
Que les Bois, les Fleurs, la Verdure,
Fassent de toute la Nature
Un temple digne de l'Amour.
Sur un nuage de rosée
Venus descend du haut des Cieux,
Et la Terre fertilisée
S'enivre du nectar des Dieux.
Au retour de cette immortelle,
Tout germe s'enflame & s'unit,
De l'Univers qui rajeunit,
L'Himen heureux se renouvelle,
L'Air s'embrase de nouveaux feux :
Les Bois confondent leurs feuillages
Les Mers embrassent leurs rivages
Et le Soleil plus lumineux
Se joue à travers les nuages.
O Venus ! qui peut résister
A la douceur de ton empire ?
O Venus ! qui peut éviter
Le piége où ta voix nous attire ?
Au sein des rochers les plus durs

Ta chaleur active & puissante,
Force la terre languissante
D'enfanter des métaux plus purs.
L'Amour, par des routes certaines
Pénétre dans tous les ressorts,
Circule dans toutes les veines
Donne la vie à tous les corps;
Il fend les airs, nage dans l'onde
Et la Terre qu'il rend féconde
Dans ses bras aime à respirer;
Ce Dieu charmant enseigne au monde
Le secret de se réparer.
 Sortez indolents Sybarites
Du cercle étroit de vos plaisirs,
Osez étendre les limites
Où se renferment vos desirs;
Abandonnés les faux spectacles
Qu'admirent la Ville & la Cour,
Pour jouir en paix des miracles
De la Nature & de l'Amour.
Venez sous nos berceaux rustiques
Délasser vos cœurs languissans,
Des voluptés périodiques
Dont le retour glace vos sens;
Renaissez avec la nature,
Et dans ces Dons multipliés
Goûtez sans trouble & sans mesure
Des plaisirs purs & variés.

L'Oiseau qu'une superbe cage
Captivoit sous un toit doré,
A supporté son esclavage
Tant que les frimats ont duré;
Mais après leur regne funeste,
Le Bélier, propice aux Amours,
Vient d'ouvrir l'Empire céleste
A la Déesse des beaux jours.
L'Oiseau captif qui voit renaître
Les Fleurs du Jardin de son Maître,
Qui, sous des myrtes amoureux,
Entend la Musique champêtre
Des autres Oiseaux plus heureux:
Resserré dans un Palais vaste,
Brûle de traverser les airs,
Et regrette au milieu du faste
L'ombre des bois & les déserts.
Ces beaux Vases de porcelaine
Sont-ils remplis de la même eau
Dont il boiroit dans ce ruisseau
Qui fait fleurir toute la plaine?
L'aiguillon de la liberté,
L'aspect riant de la Campagne,
L'Amour enfin qui l'a flatté
De lui donner une Compagne;
Tout l'irrite contre ses fers,
Tout le détrompe & le détache
Des faux biens qui lui sont offerts;

Sa prison s'ouvre, il s'en arrache,
L'Amour le rend à l'Univers.

Le lac, le vernis, la dorure,
Ont assez ébloui mes yeux,
J'aime mieux la simple parure
De ce Côteau délicieux ;
Mon Louvre est sous ces belles tonnes,
Un bois est le Temple où j'écris,
Des arbres en font les colonnes,
Et des feuillages les lambris ;
Les Arts, ces esclaves serviles
De nos desirs efféminés,
Transportent le luxe des Villes
Au milieu des champs étonnés ;
Nos yeux, qu'un vain charme fascine,
Sont plus surpris que satisfaits ;
On quitte les Jardins d'Alcine
Pour ceux que la Nature a faits.
Pourquoi, dans nos maisons cham-
  pêtres,
Emprisonner ces clairs Ruisseaux,
Et forcer l'orgueil des ces Hêtres
A subir le joug des Berceaux ?
Qu'on vante ailleurs l'Architecture
De ces Treillages éclatans :
Pourquoi contraindre la Nature ?
Laissons respirer le Printems ;
Quelle étonnante barbarie

D'asservir la variété
Au cordeau de la symmétrie?
De polir la rusticité
D'un bois fait pour la rêverie,
Et d'orner la simplicité
De cette riante Prairie?
Le plaisir qui change & varie,
Adore la diversité.

O Toi, Commentateur suprême,
Qui définis la volupté,
Qui fais du plaisir un système,
Et de l'Amour un froid Traité:
Calculateur infatigable,
Dont la méthode insupportable
Desséche en nous le sentiment,
Laisse reposer un moment
Ton Syllogisme inattaquable,
Et ton invincible Argument;
Un instant de folie aimable
Vaut mieux qu'un bon raisonnement,

Venus & Flore nous rappellent,
Gardons la raison pour l'hiver,
Respirons le baume de l'air,
Et que nos sens se renouvellent.

Voyons ces Taureaux mugissans
Poursuivre Io dans les Prairies,
Voyons ces Troupeaux bondissans
Donner, par leurs jeux innocens,

Aux Bergeres des rêveries,
Aux Bergers des defirs preffans.
  Ocyroë, dans les campagnes,
Enflamme par fes fiers regards,
Le Courfier, Amant des hafards,
Elle l'enleve à fes compagnes,
Et s'élançant les crins épars,
Tous deux, au fommet des montagnes,
Offrent leur hymen au Dieu Mars.
Plus loin, dans fes Forêts fauvages,
Les Lions rugiffent d'amour,
Tandis que les Ramiers volages
Viennent foupirer alentour;
Le fier Dragon & le Reptile,
L'infatiable Crocodile,
L'Oifeau que révere Memphis,
Le Dromadaire des Sophis,
Les Monftres craintifs ou féroces
Qui peuplent le fein de Thétis,
Tous forment de nœuds affortis,
Et l'Amour préfide à leurs noces.
Régnez fur les flots applanis,
Alcions, déployez vos aîles,
Les vents refpecteront vos nids,
Et les flots vous feront fideles.
  Vous, qui dans l'humide féjour,
Cachez vos brillans coquillages,
Venus vous appelle en ce jour,

Formez de nouveaux mariages ,
Et que les perles foient les gages.
Que l'Hymen préfente à l'Amour.
Déjà fous l'épine fleurie ,
Philomele exerce fa voix ;
Progné voltige autour des toits ,
L'Oifeau de Venus fe marie ,
Et la Tourterelle attendrie ,
Gémit d'amour au fond des bois ;
Le Caftor Amant des rivages ,
Trace le plan de fa maifon ;
Les Abeilles encor plus fages ,
Dans le creux des rochers fauvages ,
Elevent l'utile cloifon
Qui fépare leurs héritages ;
Le Vermiffeau , fous le gazon ,
Lui-même devient Architecte ,
Et les ouvrages de l'Infecte
Etonnent la fiere raifon.
Le monde à nos yeux va renaître ,
Et tous les Etres , dans ce jour ,
En rendant hommage à l'Amour ,
Soulagent l'ennui de leur être.

   Peuplez les divers Elémens ,
Infectes , à qui la Nature
Accorda fi peu de momens :
Vengez-vous d'une loi fi dure ,
Naiffez , vivez , mourez Amans.

Qu'importe, au bout de la carriere,
Qu'un seul instant délicieux
Ait rempli votre vie entiere,
Si le plaisir qui fait les Dieux,
Vous anima dans la poussiere ?

Hermaphrodites fortunés,
Pour vous, l'Amour sans jalousie,
Suit les loix que vous lui donnez,
Aimez à votre fantaisie,
Quittez cent fois & reprenez
Les deux rôles de Thirésie.

Image d'un jeune arbrisseau,
Inconcevable Vermisseau,
Soyez à jamais un problême;
Tout entier dans chaque rameau,
Renaissez semblable & nouveau,
Et par une faveur suprême,
Trompez la mort sous le ciseau
Qui vous sépare de vous-même.

O que l'homme si dédaigneux,
Lui qui foule d'un pied superbe
Les Insectes cachés sous l'herbe,
Perdroit de son faste orgueilleux,
S'il savoit, quand il les écrase,
Que moins gênés dans leurs desirs,
Leurs cœurs, qu'un même amour
            embrase,
Sont toujours neufs pour les plaisirs.

Telles font les vives images
Que le Printems offre à nos yeux ;
Les Saifons reffemblent aux âges
Dans leurs rapports myftérieux ;
La main invifible des Dieux
Cache des confeils pour les Sages ;
Le Printems couronné de fleurs,
Pare l'Amour qui le careffe ;
L'Eté mûrit par fes chaleurs
Les dons brillans de la Jeuneffe ;
L'Automne, un panier à la main,
Cueille les fruits qu'elle colore,
L'Hiver à l'inftant les dévore,
Mais il conferve dans fon fein
L'efpoir de Cérès & de Flore ;
Ainfi l'on peut toujours faifir
Les momens heureux qui s'envolent ;
Fuyons les dangers du loifir,
Le travail ajoute au plaifir,
Et l'un & l'autre nous confolent.
Aujourd'hui les Fleurs des Buiffons
Parfument le fein des Bergeres,
Avec des Fleurs & des Chanfons
Achetons leurs faveurs légeres,
L'Eté s'approche, jouiffons :
Ces nuages chargés de neige,
Qu'au midi d'un jour radieux
Les Aquilons féditieux

Souffloient du fond de la Norwege,
N'assiegent plus l'Astre des Cieux;
Le Soleil pénetre la Terre,
Et pompe jusques dans ses flancs
Les esprits, les germes brillans
Dont va se former le Tonnerre;
Déjà l'Etoile de Venus
Annonce les belles soirées,
Dejà les Faunes revenus
Cherchent les Nymphes égarées.
Zéphire, d'un souffle épuré,
Ride la surface de l'onde;
La Nuit, de son trône azuré,
Répand ses pavots sur le monde,
Et son char, d'Amours entouré,
Roule dans une paix profonde.

    Dans les nuits brillantes de Mai,
Le Silphe amoureux des Mortelles,
Vient chercher, parmi les plus belles,
Un cœur qui n'ait jamais aimé.
Aidé de ses ailes légeres,
Il descend, invisible aux yeux,
Sur ces Etoiles passageres
Qu'on voit tomber du haut des Cieux.
Roi des Peuples élémentaires,
Il vole avec timidité
Dans ces Châteaux héréditaires
Où l'Ignorance & la Fierté

Captivent, fous des loix aufteres,
Et la Jeuneffe & la Beauté.
Le Scrupule & l'Inquiétude,
Enfants craintifs des Paffions,
La Peur & fes illufions,
Veillent dans cette folitude ;
L'amoureux Habitant des airs,
Indigné contre la clôture,
Voltige & perce la ferrure,
Sans bruit les rideaux font ouverts,
Un Enfant aimable & pervers
Enleve aux Graces leur ceinture,
Pudeur, Jeuneffe, Amour, Nature,
Tous vos fecrets font découverts.
Déjà d'une Beauté naiffante
Le Silphe interroge le cœur,
Sa main timide & careffante
Cherche les traces d'un Vainqueur ;
L'épreuve eft douce & dangereufe,
Si la Belle a connu l'Amour,
Il l'abandonne fans retour
Au hafard d'être malheureufe ;
Mais fi le cœur qu'il a fondé,
A toujours fagement gardé
Le foible fceau de l'Innocence,
Alors le Génie amoureux
Exerce toute fa puiffance
Sur un cœur digne de fes feux,

De la Beauté qu'il a jugée ;
Il devient l'invisible Epoux,
Dans les bras du sommeil plongée ;
Elle va, sans être outragée,
Jouir des plaisirs les plus doux.
Un essain fortuné de songes
Sert les vœux du Silphe enchanté ,
Les charmes de la vérité
Percent à travers leurs mensonges.
    Bientôt sur un Trône argenté ,
Le Prince aimable des Génies
Transporte la jeune Beauté
Dans les Régions infinies
De son Empire illimité.
Emue, inquiete & charmée,
Elle jouit rapidement
Du plaisir d'avoir un Amant,
Et du bonheur d'en être aimée ;
L'Amour, par un charme flatteur ,
Soutient dans les airs son courage ,
Elle ose admirer la hauteur
Des vastes Cieux qu'elle envisage ,
Les graces de son Conducteur
Cachent le danger du vogage.
Son œil, avec sécurité,
Du Zodiaque redouté
Contemple les Signes funestes ;
Sa main, avec témérité ,

Mesure les Cercles céleftes :
Ces grands Objets la touchent peu ;
L'Air, au mépris des Zoroaftres,
N'eft pour elle qu'un voile bleu ;
Rien ne la frappe dans les Aftres ,
Sur la Terre elle a vu du feu ;
Déjà fon oreille murmure
Contre les céleftes accords ,
Une voix fecrette l'affure
Qu'il faut chercher dans la Nature
Ses plaifirs plus que fes refforts.
Un gazon frais , une fontaine ,
Un arbre qui cache le jour ,
Tel eft l'afyle que l'Amour
Préfere à la célefte Plaine ;
A peine a-t-elle defiré ,
Que le char brillant qui la mene ,
S'arrête fous l'ombre incertaine
D'un bois par un fleuve entouré ,
A l'inftant les buiffons fleuriffent ,
La Vigne embraffe les ormeaux ,
Les palmiers amoureux s'uniffent ,
L'air eft peuplé de mille Oifeaux.
C'en eft fait , la jeune Silphide
S'enivre du bonheur des Dieux ,
Mais le Soleil brille à fes yeux ;
Le Songe fuit d'un vol rapide ,
Et le Silphe remonte aux Cieux.

L'ÉTÉ.

CHANT II.

SOLEIL, c'eſt aujourd'hui ta fête,
L'Eté chargé de blonds épics
Etale ſes riches habits,
Et fait rayonner ſur ſa tête
L'Or, les Saphirs & les Rubis.
Leve toi répands la lumiere,
Brille, triomphe à tous les yeux,
Pourſuit la nuit dans ſa carriere
Et chaſſe du trône des Cieux
Sa pâle & tremblante couriere.
Sur le ſommet inhabité
Des montagnes les plus ſauvages,
Déja les diſciples des Mâges
Chantent le retour de l'Eté.
Abattu, triſte & ſolitaire
Dans les Jardins qu'il embellit
Le Printems ſoupire & pâlit
En voyant l'éclat de ſon frere.

Clytie, ouvrez vos feuilles d'or;
L'Amant dont vous pleurez l'abfence,
Vient ranimer par fa préfence
Les feux dont vous brûlez encor.
Malheureux fang de Montérume,
Filles du Soleil accourés,
C'eft pour vous que fon feu s'allume;
Sa vue adoucit l'amertume
Des larmes que vous dévorez.
Votre Ame orgueilleufe refpire
Devant le Roi du firmament:
Sa gloire que la terre admire
Vous confole pour un moment
De la chûte de votre empire;
Il paroît; l'Olimpe rougit,
Le front des Montagnes fe dore,
Le Lion célefte rugit
En voyant l'Aftre qu'il adore;
Il paroît; fes rayons épars
Couvrent la face des Campagnes.
Le premier feu de fes regards,
Attire au plus haut des Montagnes
La froide vapeur des brouillards.
A l'inftant la Terre embrafée
Par fon éclat vif & charmant,
Donne le feu du diamant
A chaque goute de rofée.
Fidelle amante du Soleil

De fleur de perles couronée,
La Nature sort du sommeil
Comme une épouse fortunée,
Dont l'Amour hâte le réveil.
Vers l'astre bienfaisant du monde
Elle étend ses bras amoureux,
Il brille, & l'ardeur de ses feux
La rend plus belle & plus féconde.
Tandis qu'au sommet d'une tour,
Le Paon fait reluire au grand jour
L'Azur de ses plumes nouvelles.
L'Oiseau de la mere d'amour
Epure l'argent de ses aîles,
Tout brûle des feux de l'Eté.
Le froid serpent caché sous l'herbe,
S'éveille & dresse avec fierté
La crête de son front superbe ;
Son corps en replis ondoyant
Roule, circule, s'entrelasse ;
Ses yeux pleins d'ardeur & d'audace,
S'arment de regards foudroyants ;
Bientôt levant sa tête altiere
Vers l'astre qui la ranime,
Il s'élance de la poussiere,
Et fait briller à la lumière
Son aiguillon envenimé.
Foibles mortels que le jour blesse,
Eveillez-vous, ouvrez les yeux ;

Le Soleil embraſſant les Cieux
S'indigne de votre moleſſe.

   Que devient l'homme quand il dort?
Emporté ſur l'aîle des ſonges
Il vole au pays des menſonges,
Il touche aux rives de la mort.
Enviſagez ce globe immenſe
Images des Dieux qui l'ont fait,
La flâme nourrit ſa ſubſtance :
Ses feux répandent l'abondance,
Chaque rayon eſt un bienfait ;
Au ſein des plus profonds abîmes
Il enfante ces purs métaux :
Triſtes auteurs de tous les maux,
Peres féconds de tous les crimes :
Mais qui ſagement répandus
Sur les beſoins de la Patrie,
Forment les liens étendus
Du commerce & de l'induſtrie,
Satisfont à tous les deſirs,
Et tels que des ſources fécondes
Vont ranimer dans les deux mondes
Les Arts, la Gloire & les Plaiſirs.
O Soleil ! Ame univerſelle,
Toi dont les regards amoureux
Eclairent ces Aſtres nombreux,
Dont l'azur des Cieux étincelle ;
O toi ! qui ſuſpends dans les airs

Ces

Ces torrens, ces mers vagabondes,
Qui par mille canaux divers,
Portent la fraîcheur de leurs ondes
Dans les veines de l'Univers.
De l'Eté qui vient de renaître
Muris les fertiles moiſſons,
Et reçois les foibles chanſons
Que t'offre ma muſe champêtre.
Déja de tes rayons puiſſans
Les campages ſont pénétrées,
Eole des bleds jauniſſans
Agite les ondes dorées.

O Cérès, preſſe ton retour,
Sur nos plaines le Dieu du jour
Répand les chaleurs & la vie,
Proſerpine a quitté la cour
Du ſombre époux qui l'a ravie.
Le même char qui l'entraîna
A travers la flâme & la cendre,
A tes yeux charmés va deſcendre
Du ſommet brillant de l'Ethna.
Elle paroît; ton cœur palpite,
Tes pas volent devant ſes pas;
Quand tu l'appelle dans tes bras,
L'Amour vers toi la précipite.
Un mutuel enchantement

B

Vous enivre des mêmes charmes :
Trop court, mais trop heureux moment
Où le plaisir verse des larmes !
Pour un cœur noble & généreux,
Qu'il est doux en quittant Cerbere
De retrouver le monde heureux,
Par les seuls bienfaits de sa mere.
Belle Proserpine, à tes yeux,
Déja la moisson est tombée
Sous la faucille recourbée,
Du moissonneur laborieux ;
Ici les gerbes dispersées
Couvrent la face des guerets,
Plus loin leurs meules entassées
Elevent un trône à Cérès.
Sur l'arbre fécond de Pirame,
Le Vers à soye ourdit sa trâme,
Qui pare les Dieux & les Rois ;
Les Frases parfument les bois :
L'Epine enfante la groseille ;
Mille fruits naissent à la fois,
Et prête à remplir la corbeille,
La Nimphe hésite sur le choix.
Partout l'abondance circule,
L'homme n'est heureux que l'Eté ;
L'infatigable pauvreté,
Bénit l'ardente canicule

Qui fait frémir la volupté.
Dans un salon pavé de marbre,
Respire-t-on un air plus frais,
Qu'à l'ombre incertaine d'un arbre
Cher aux Déesses des forêts.
La Driade en robe légere,
Brave sous un chapeau de fleurs
L'éguillon ardent des chaleurs ;
Et Pallas coëffée en Bergere
Pour égayer les Moissonneurs
Danse à midi sur la fougere.
Le travail joint à la gayeté
Souffre & surmonte toutes choses ;
La nonchalante Oisiveté
Se blesse sur un lit de roses.
Voyez l'intrépide chasseur
Qui, sur cette côte brûlante,
A l'aide d'un chien précurseur
Arrête la perdrix tremblante.
De joie, & d'espoir animé,
Il prend, il arme son tonnerre :
L'Oiseau part, un trait enflammé
Le fait retomber sur la terre.
La Chasse retient jusqu'au soir
Le jeune Adonis dans les plaines :
Le Plaisir, la Gloire & l'Espoir,
Font supporter toutes les peines.

Mais , déja plus vif & plus clair ,
Le Soleil dévore & confume
La Rofée éparfe dans l'air :
Le feu du Ciel qui s'allume,
Etincelle comme le fer
Que Vulcain frappe fur l'enclume.
Doris s'enfuit fous les rofeaux ,
Et dans leurs lits plus refferrées ,
Les Nimphes refufent leurs eaux
A nos campagnes altérées.

Plaignons l'avide voyageur ,
Qui dans les fables de l'Afrique ,
Egaré fous un ciel vengeur
S'expofe aux fureurs du Tropique.
La Terre rougit fous fes pieds :
Des torrens de feu fe répandent ,
Et par le Soleil foudroyés
Les Monts & les Rochers fe fendent.
Les Arbres à demi couchés ,
Sans fruits , fans féve & fans verdure ,
Couvrent de leurs bras deffechés
Le fein brûlant de la Nature ,
Quel fort ? quels horribles momens ?
Il entend les rugiffemens
Des Lions que la foif dévore ,
Immobile d'accablement ,

Il cherche envain du Firmament
Le ſecours que la Terre implore.
Aſſis ſur un ſable enflammé ,
A la rigueur d'un Ciel barbare ,
Il reproche à ſon cœur avare
Les maux dont il eſt conſumé.

Pour nous, que le Soleil propice ,
Regarde avec des yeux plus doux ,
Laiſſons voyager l'avarice ,
Sur le gazon répoſons-nous ,
Tandis que l'ardente écreviſſe
Embraſe le Ciel en courroux.
Ainſi qu'à la céleſte troupe ,
Pendant le régne des chaleurs ,
Hebé nous verſe à pleine coupe
Le jus des fruits , l'eſprit des fleurs.
La Neige avec art préparée,
Eguiſe nos ſens émouſſés ;
On diroit que ces fruits glacés ,
Sortent des jardins de Borée.
Venus ſe permet en Eté
Une modeſte nudité.
Dans une alcove parfumée ,
Impénétrable au Dieu du jour ,
La pudeur ſans être allarmée
Dort ſur les genoux de l'Amour.

Un doux loifir eſt néceſſaire,
L'Eſprit des ſoins débarraſſé
On paſſe le jour ſans rien faire,
Un tel jour eſt bientôt paſſé.
Du midi l'ardeur violente,
N'eſt pas un ſupplice pour nous,
Si la chaleur eſt accablante
Tous les remedes en ſont doux.
Mais j'entends le bruit du Tonnerre
Retentir ſur les Monts voiſins :
Junon vient déclarer la guerre
Au Dieu protecteur des raiſins.
Les portes du Ciel s'obſcurciſſent,
L'Air ſifle, les Antres mugiſſent,
Mais bientôt les Vents ſont calmes.
Et les Tempêtes diſſipées
Sur les Montagnes eſcarpées
Lancent leurs carreaux enflammés.
Iris, ſur un trône de nues,
Fait briller ſon arc lumineux;
Déja les Nimphes revenues
Brûlent de commencer leur jeux;
Déja preſſé par ſa rivale,
Le Roi des aſtres moins ardent,
Se précipitent à l'occident
Sur un char de nacre & d'orpale,
L'extrémité de ſes rayons

Eclaire au loin la Mer profonde ;
Et tandis que nous le croyons
Plongé dans les gouffres de l'onde,
Armé de feux étincelans,
Il ouvre à ses Coursiers brûlans
Les barrieres de l'autre monde.
O qu'il est doux de respirer
Cet air frais, ces pures haleines,
D'un vent, qui du fond des fontaines
S'échappe & n'ose murmurer,
Vole sur l'aîle du Mystere.
Amour, il est tems de régner ;
Venus se promene à Cythere,
Et les Graces vont se baigner.

Au fond d'un bosquet d'Idalie,
Dont nul mortel n'ose approcher
La fontaine d'Acidalie,
Se filtre à travers un rocher ;
Et suivant une pente douce
Qui la conduit en l'égarant,
Elle remplit en murmurant,
Un bassin revêtu de mousse.
Les Arbres courbés à l'entour,
La dérobent à l'œil du jour ;
Un Buisson fleuri l'environne,
La Tubéreuse & l'Anémone,

Entourent ſes bords ſéduiſans :
Et l'Oranger qui la couronne,
Eſt parſemé de vers luiſans.
Que Plutus d'une main fantaſque,
Orne les bains de Danaé,
Thalie, Euphroſine, Aglaé
N'aiment que les Beautés ſans maſque :
Le Luxe expire ſous leurs pas.
Sœurs aimables de la Nature,
Elles ſe baignent dans ſes bras ;
L'Onde en careſſant leurs appas,
Devient plus brillante & plus pure.
Plongé dans ce riant baſſin,
L'Amour pourſuit les immortelles,
Et frappant l'Onde de ſes aîles,
Il la fait jaillir ſur leur ſein.
Une douce & molle Roſée,
Remplit le calice des fleurs,
La Nuit, du tréſor de ſes pleurs,
Rafraîchit la Terre embraſée.
On voit ſur la plaine de Mers,
Danſer les Nimphes vagabondes :
Le Parfum de leurs treſſes blondes,
Se mêle à la fraîcheur des airs ;
Mais, bientôt le feu des éclairs,
Reſplandit au loin ſur les ondes,
L'Olimpe, ſans être irrité,

Offre l'appareil d'un orage,
Et par cette effrayante image,
Il augmente sa majesté.
Brûlante des feux de l'Eté :
Brûlante des feux du bel âge,
La Jeuneffe, loin du Rivage,
S'élance & pourfuit la Beauté.
Enflammez, charmantes Baigneufes,
La Cour du frere de Pluton ;
Tombez, Nayades dédaigneufes,
Dans les bras nerveux de Triton.
O Nuit ! que vous voyez de charmes !
Fleuves, que vous êtes heureux !
L'Amour, dans vos flots amoureux
Trempe la pointe de fes armes.
En vain, dans les bois d'alentour,
Les Amants cherchent les fontaines.
Le feu qui confume leurs veines
S'accroît dans l'humide féjour ;
Le Bain ne guérit point leurs peines,
L'Amour feul peut calmer l'Amour.

Jadis, près des bords du Bofphore,
Dans les Jardins du vieux Selim,
Un ruiffeau murmuroit encore
Les amours du jeune Zulim ;
Les bains du Tyran de l'Afie,

B 5

Touchoient au bord de ce Ruiſſeau;
En été, la belle Aſpaſie,
Venoit reſpirer dans ſon eau;
Souvent Zulim, au bord de l'onde,
Suivoit le Sultan révéré.
Que l'Orgueil des rangs ſe confonde ?
L'Eſclave heureux, fut préféré
Au Maître impérieux du monde.
Un Pigeon s'abbatit un jour
Dans les bras du Page infidel,
Zulim, plein d'une ardeur nouvelle,
Reconnut l'Oiſeau de l'Amour,
Au billet caché ſous ſon aîle.
Il l'ouvre, il lit avec tranſport :

„ Jeune Icoglant, bénit ton ſort,
„ Le Ruiſſeau, dont l'onde incertaine,
„ Dans ces Bois aime à s'enfermer,
„ Par une route ſouterraine,
„ Au ſein des Mers court s'abîmer;
„ Aſpaſie eſt prête à te ſuivre,
„ Sois ſon Pilote & ſon Vainqueur;
„ Si tu crains de ceſſer de vivre,
„ Tu n'es pas digne de ſon cœur. „

Zulim conçoit tout le myſtere ;
Un ſeul mot inſtruit un Amant.
Le doux meſſager de Cythere,
Devant lui vole lentement :
Rempli des plus douces allarmes,
L'Eſclave au milieu des Roſeaux,
Découvre, adore mille charmes
Que trahit le voile des eaux.
On l'appelle, ſon cœur palpite,
Il s'élance, il ſe précipite ;
Mais en plongeant dans le canal,
Quel aſpect le trouble & l'irrite ?
Il voit ſon maître & ſon rival,
Comment ſauver la Favorite
Du fer, ou du cordon fatal ?
Un baiſer de feu le reſſerre.
Sultan ? A tes yeux éperdus,
Le couple amoureux & parjure,
A comblé l'audace & l'injure :
Tous deux unis & confondus,
Fendent de leurs bras étendus,
Le ſein de l'Onde qui murmure.
Errans de détours en détours,
Ils roulent ſous la voûte obſcure
Qui doit bientôt les rendre au jour ;
L'Effroi qu'inſpire la Nature,
Eſt ſurmonté par leur amour.

Portés sur les bouillons de l'Onde,
Ils entrent dans la Mer profonde;
Leurs regards implorent les Cieux;
Mais un esquis s'offre à leurs yeux,
Au pied d'un rocher solitaire:
Tous deux y volent, & les Dieux
Conduisent la barque à Cythere.

L'AUTOMNE.

CHANT III.

QUELS parfums rempliffent les airs?
Où porter mes regards avides ?
Des tapis plus frais & plus verds
Renaiffent dans nos Champs arides ;
La Nature efface fes rides,
Tous fes tréfors nous font ouverts,
Et le Jardin des Hefpérides
Eft l'image de l'Univers ;
C'en eft fait, la Vierge célefte,
En découvrant fon front vermeil,
Adoucit d'un regard modefte
L'ardeur brûlante du Soleil.
Redoutable Fils de Latone,
Tu ceffe de bleffer nos yeux,
Vertumne ramene Pomone,
Et mille fruits délicieux
Brillent fur le fein de l'Automne.
    O Sœur aimable du Printemps,
Tu viens acquitter fes promeffes,

Si tes biens font moins éclatans,
Tu n'as point de fauſſes richeſſes;
Loin de toi le fard de Venus,
Et le clinquant de l'impoſture,
Ta main dépouille la Nature
De ſes ornemens ſuperflus,
L'air négligé, dans la parure,
Te donne une beauté de plus.
Les fruits plus nombreux que les
  feuilles,
Couronnent les arbres chéris,
Et tous les biens que tu recueilles
Ont moins d'éclat & plus de prix.
Le regne fortuné d'Aſtrée
Se renouvelle dans ta Cour,
Tu peſes la Nuit & le Jour
Dans une balance dorée.
Entouré de rayons heureux,
Qui font la richeſſe du monde,
Le Ciel de la Terre amoureux,
Le peint dans le miroir de l'onde.
 La Paix, Reine de l'Univers,
Etouffe la voix des trompettes,
Un jour plus doux luit ſur nos têtes.
Nos travaux, mêlés de concerts,
Reſſemblent aux plus belles Fêtes;
La Nature reprend ſes droits,

Les Dieux defcendent des montagnes,
La Gloire habite les campagnes,
Les Mufes rêvent dans les bois;
Et laffe d'accorder les Rois,
Thémis affife au pied d'un chêne,
Juge les Chanfons de Philene,
Et donne aux Bergeres des loix;
Les fiers Amans de la Fortune
Ont quitté la chaîne importune
De la Faveur & du Devoir;
L'Art, l'Induftrie & le Savoir
Sortent des Villes dépeuplées,
Et l'Abondance vient revoir
Ses richeffes accumulées.
Ton regne paifible & charmant
Fait oublier celui de Flore.
Automne, la Terre t'adore,
Et l'Univers eft ton Amant.
Belle encore au déclin de l'âge,
Toi feule, ô divine Saifon!
Utile, douce, aimable & fage,
As mérité le double hommage
Du Plaifir & de la Raifon.

O que les Mufes font dociles
Dans ces vergers délicieux!
Mes Vers infpirés par les Dieux,
Naiffent plus doux & plus faciles;

L'Art de la rime n'est qu'un jeu ;
L'expression suit la pensée,
Et mon Ame au Ciel élancée,
Vole sur des ailes de feu.
Dans cette aimable solitude
L'Esprit captif sort de prison,
Le Plaisir abrege l'Etude,
Tous deux étendent la Raison.
Erreur que l'Orgueil déifie,
Préjugés, tyrans des Mortels,
Cédez à la Philosophie
Qui vient de briser vos Autels.
Cieux inconnus au Télescope,
Et vous, Atomes échappés
A l'œil perçant du Microscope,
Vos mysteres développés
Brillent aux yeux du Calliope.
La Vérité, Fille du Tems,
Déchire le voile des Fables ;
Je vois des mondes innombrables,
Et j'apperçois leurs habitans.
Malgré ces volcans homicides,
Le Feu lui-même est habité ;
L'Air, dans ses ondes si fluides,
Découvre à mon œil enchanté
Ses Tritons & ses Néréides.
La Lumiere, dont les couleurs

Forment la parure du monde,
Renferme la race féconde
D'un Peuple couronné de fleurs.
La Nature anime les marbres,
L'air, le feu, la Terre & les Cieux,
Lss fruits qui font plier nos arbres,
Sont autant de mondes nouveaux.
Tout agit, rien n'eft inutile,
Et la Reine des animaux
Unit par différents anneaux
L'Homme fuperbe & le Reptile.
Fiers Amans de la Liberté,
Les Etres l'un de l'autre efclaves,
Ignorent leur captivité
Et méconnoiffent leurs entraves.
Tout cede à la commune loi ;
Terre orgueilleufe & téméraire,
Apprends que l'Aftre qui t'éclaire
Se doit au monde comme à toi.;
Obéis, remplis ta carriere,
Adore la Source premiere
Des beaux jours qui te font donnés,
Reçois & répands la lumiere
Sur d'autres Globes fortunés.
Ainfi mon efprit fe dégage
Des erreurs du Peuple & des Grands,
Malgré la vanité des rangs,

Tous les Etres font pour le Sage
Moins inégaux que différents.
Ainsi ma Muse s'abandonne
A son caprice renaissant,
Et tandis qu'un Dieu caressant
D'un double myrte la couronne,
Le Soleil moins éblouissant
Abrege les jours de l'Automne.

Pomone avant que de périr,
Semble redoubler ses caresses,
Les arbres chargés de richesses
Se courbent pour nous les offrir:
Lasse de ramper sur nos treilles,
La Vigne éleve ses rameaux,
Et suspend ses grappes vermeilles
Au front superbe des ormeaux :
Ses fruits si funestes aux Perses,
Et si délicieux pour nous,
Confondent leurs couleurs diverses,
Forment les accords les plus doux.
Toutes les ronces font couvertes
De coings dorés & de pavis,
Mille grenades entr'ouvertes
Sement la terre de rubis;
Orange douce & parfumée,
Limons & Poncirs fastueux,
Et vous, Cédras voluptueux,

Couronnez l'Automne charmée ;
Raifins brillans dont la fraîcheur
Etanche la foif qui nous preffe ,
Pommes dont l'aimable rougeur
Reffemble au teint de la Jeuneffe ,
Tombez & renaiffez fans ceffe
Sur le chemin du Voyageur.
L'Amour que l'Automne rappelle ,
Defcend du Ciel dans nos vergers ,
Et vient offrir à la plus Belle
Les Pommes d'or des Orangers.
Accourez , Naïades timides ,
Le fruit fur la terre tombé ,
Brille , s'éleve en pyramides ,
Et remplit le tréfor d'Hébé.
Nymphes , enlevez vos corbeilles ,
Allez offrir au Dieu des Eaux
La pourpre qui couvre nos treilles ,
L'ambre qui pare nos côteaux.
Un fecond Printemps vient d'éclorre ,
Le Ciel répand des rayons d'or ,
L'Amaranthe & le Tricolor
Rappellent le regne de Flore ;
Et la campagne brille encore
Des douces couleurs de l'Aurore.

 Hefper commence à rayonner ,
Io mugit dans les Villages ,

Et les Pasteurs vont ramener
Leurs Troupeaux loin des pâturages;
Le Soleil tombe & s'affoiblit;
Montons sur ces rochers sauvages,
Allons revoir ces Paysages
Que l'ombre du Soir embellit.
Ici des champs où la culture
Etale ses heureux travaux,
Une Source brillante & pure,
Qui, par la fraîcheur de ses eaux
Rajeunit la sombre verdure
Des prés, des bois & des côteaux;
Là, des Jardins & des Berceaux,
Où régnent l'art & l'imposture,
Des Tours, des Fleches, des Creneaux,
Des Donjons d'antique structure,
Sur le chemin de ces Hameaux,
De longues chaînes de Troupeaux,
Un Pont détruit, une masure;
Plus loin, des Villes, des Châteaux,
Couverts d'une vapeur obscure,
Le jour qui fuit, l'air qui s'épure,
Le Ciel allumant ses flambeaux,
Tout l'Horizon que l'œil mesure,
Offrent aux yeux de la Peinture
Des contrastes toujours nouveaux,
Et font aimer dans leurs tableaux
Le Coloris & la Nature.

Mais la Nuit, au Trône des Cieux,
Diffipant au long les nuages,
Vient encore attacher nos yeux
Sur de plus frappantes images ;
La Sœur aimable du Soleil
Se leve fur l'onde appaifée,
Et répand de fon char vermeil
Le jour tendre de l'Elifée ;
Elle embellit les Régions
Qu'abandonne l'Aftre du monde,
Elle éclaire les Alcyons
Qui planent fur la mer profonde ;
La vague tremblante de l'onde
Brife & diffipe les rayons
De fa lumiere vagabonde ;
Favorable à la Volupté,
Elle donne au plaifir des armes.
L'éclat de fon Globe argenté
Semble voiler la nudité
Lorfqu'il en montre tous les charmes ;
Son regne eft celui de l'Amour.
Sur les Mers d'écume blanchies,
Neptune marche avec fa Cour,
Et de nos Flottes enrichies
Eole preffe le retour.
Conduits par la main des Sirenes ;
On voit de loin nos Pavillons

Tracer d'innombrables fillons
Sur le fein des humides plaines ;
Tandis que l'Océan charmé,
Contemple fon vafte rivage,
Le Nord tout-à-coup enflammé
Devient le Spectacle du Sage,
Et l'effroi du Peuple alarmé.
Une Lumiere étincelante
Embrafe le voile des airs,
Avant-couriere des hivers.
Quelle autre Aurore plus brillante
S'éleve au milieu des éclairs ?
Les Dieux ont-ils, dans leurs balances,
Pefé le fort des Nations ?
Emu par nos divifions,
Le Ciel fait-il briller fes lances ?
Ses feux & fes rayons épars,
Ses colonnes, fes pyramides,
N'offrent à des regards timides
Que les jeux fanglants du Dieu Mars.
Voilà les nombreufes Armées,
Voilà les combats éclatants,
Qui de nos guerres rallumées
Furent les préfages conftans.
La frayeur naiffoit du preftige,
Mais nos yeux plus fatisfaits,
Verront renaître le prodige

Sans en redouter les effets.
Brillez, Aurore Boréale,
De la Nuit éclairez la Cour,
En vous voyant, le beau Céphale
Croit voir l'Objet de son amour,
Et l'Hirondelle matinale
S'étonne d'annoncer le jour.
Palès rappelle dans la plaine
Et les Bergers & les Troupeaux;
Vulcain rallume ses fourneaux,
Et la Troupe du vieux Silene
S'éveille au pied de nos côteaux.
Au bruit des Meutes de Diane
Les Bacchantes ouvrent les yeux;
Trompé par la clarté des Cieux,
Bacchus sort des bras d'Ariane:
Ce Dieu, de pampres couronné,
Ouvre la scene des Vendanges,
Il brille, il marche environné
D'Amours qui chantent ses louanges;
On voit danser devant son char
Les Satyres & les Driades,
Un Faune enivré de Nectar,
Remplit la coupe des Ménades;
Les Jeux qui le suivent toujours,
Répandent des fleurs sur ses traces;
Ses Tygres, conduits par les Graces,

Sont careffés par les Amours,
Momus, Terpfichore, Thalie,
Egipans, Centaure, Silvains,
Viennent annoncer aux Humains
L'heureux retour de la Folie.
Le Soleil voit, en fe levant,
La marche du Vainqueur du Gange,
Et porté fur l'aile du Vent,
L'Amour annonce la Vendange.
Pan, dans le creux de ce rocher,
Foule les préfents de l'Automne;
A fes yeux, la jeune Erigone
Folâtre & n'ofe s'approcher.
Le Nectar tombe par cafcade,
L'Onde & le Vin font confondus,
Et l'urne de chaque Naïade
Devient la tonne de Bacchus.
Les flots de la Liqueur facrée
Couvrent la campagne altérée,
Tout boit, tout s'enivre, tout rit,
Et de la joie immodérée
Jamais la fource ne tarit.
Le myrte aux Amours favorable,
A dérobé moins de plaifirs,
Que cet arbufte vénérable
N'a vu couronner de defirs.
Sous les pampres de cette Vigne,

Un

Un Amant n'est jamais trahi,
Plus il jouit, plus il est digne
Du bonheur dont il a joui.
Bacchus rajeunit tous les âges,
Ses charmes ramenent toujours
La Folie au Temple des Sages,
La Raison au sein des Amours.

   Acis aussi jeune que Flore,
Touchoit à cet âge charmant,
Où l'Ame éprouve le tourment
De desirer ce qu'elle ignore :
Plus belle & moins jeune que lui,
Thémire, semblable à Pomone,
Commençoit à craindre l'ennui
Des derniers jours de son automne,
L'Amour seul a droit de charmer
L'Ame qu'il a déjà charmée ;
Acis avoit besoin d'aimer,
Thémire d'être encore aimée ;
La Beauté voit périr ses traits,
Les Roses du tein se flétrissent,
Mais le cœur ne vieillit jamais,
Et les desirs le rajeunissent.
Thémire brûla pour Acis :
Aimer de nouveau c'est renaitre ;
Ce fut sous ce Berceau champêtre,
Que son cœur long-temps indécis,
Choisit enfin ce jeune Maître.

C

Etouffez les rayons du jour,
Pampres, dont le feuillage sombre
S'éleve & retombe alentour.
La Raison demande votre ombre
Pour s'abandonner à l'Amour.
Lierre amoureux, toi qui conspires
A rendre ce Berceau charmant,
Viens cacher l'Amante aux Satyres,
Aux Nymphes dérobe l'Amant.

　　Malheureuse d'être inhumaine,
Honteuse de ne l'être pas,
Thémire repousse avec peine
Acis qu'elle appelle en ses bras.
La Beauté la plus intrépide
Craint de séduire la Candeur,
L'embarras d'un Amant timide
Arme la plus foible pudeur.
Thémire énivrée, éperdue,
Tour-à-tour se laisse emporter
Au plaisir de s'être rendue,
A la gloire de résister.
Eclairés d'un jour favorable,
Les yeux de son Amant aimable,
Sur les foibles traces du tems,
N'ont vu que les fleurs du Printems.
Heureux âge de l'indulgence !
Où les dégoûts sont inconnus,
Où tous les feux, d'intelligence,

Confpirent pour la jouiffance,
Où toute Mortelle eft Venus.

Thémire n'a point de Rivale,
Le feu dont Acis eft brûlé,
De leurs ans remplit l'intervalle,
Et l'Amour, aux Cieux envolé,
Triomphe d'avoir affemblé
Les nœuds d'une chaîne inégale.

La fin du regne de Bacchus
Annonce ces combats aimables,
Où les Satyres font vaincus
Par les Nymphes infatigables.
Jours fortunés ! mais peu durables :
Bientôt le brutal Affricus,
Ouvrant fes ailes redoutables,
S'éveille aux cris épouvantables
De la Maitreffe de Glaucus.
Les Hirondelles affemblées,
S'élançant du faîte des Tours,
Au fond des grottes reculées
Vont s'endormir jufqu'aux beaux jours.
Entaffés comme des nuages,
Mille Oifeaux traverfent la mer,
Le retour de l'affreux hiver
S'annonce par leurs cris fauvages,
Le fer tranchant va déchirer
Le fein des plaines découvertes,
Et Vertumne, en pleurant nos pertes,

Nous apprend à les réparer.
Eole menace le monde,
Borée en fa prifon rugit,
La Mer qui s'enfle, écume, gronde,
Et fon rivage au loin mugit.
Les Oréades taciturnes
Cherchent les antres des déferts,
Et les Hyades, dans les airs,
Ont renverfé leurs froides urnes.
Vents, triomphez en liberté,
Allez dépouiller la Nature
Des vains titres de fa fierté ;
Que fert un refte de parure
Quand on a perdu la beauté ?
Difperfez ces feuilles féchées,
Dévorez ces plantes couchées,
Qui n'ofent regarder les Cieux.
Et toi, les délices du monde,
Toi, qui plaifoit à tous les yeux,
Saifon fi belle & fi féconde,
Automne, reçois mes adieux.

L' HIVER.

CHANT IV.

Les Vents ravagent nos prairies,
Tout meurt dans nos champs défolés,
Et de nos humbles Bergeries
Les fondemens font ébranlés.
Déjà, les Graces immortelles
Rentrent dans nos froides maifons.
L'Amour vient réchauffer fes ailes
Au feu mourant de nos tifons ;
Content de régir nos Villages,
Et d'enchaîner nos libertés,
Il laiffe à fes Freres volages
L'empire bruyant des Cités.
Foibles efclaves de Cythere,
Fuyez nos plaifirs innocens,
Dérobez-vous aux traits perçans
Que lance le noir Sagittaire.
Le regne de l'art impofteur
Commence où la Nature expire ;
Volez dans ce monde enchanteur,
Où le Luxe tient fon empire.

C 3

La nouvelle Perſépolis
Vous ouvre ſes portes dorées,
Chaſſez de vos cœurs amollis
Les Vertus aux champs adorées,
Et changez en vices polis
Nos mœurs à la Cour ignorées.

 Pour nous, que la Paix & les Ris
Enchaînent ſous ces toits ruſtiques,
Autour de nos foyers gothiques,
Nous allons oublier Paris,
Et vos plaiſirs Aſiatiques;
Croyez qu'au fond de nos Châteaux
La Joie invente auſſi des fêtes,
Malgré les torrens du Verſeau,
Le ſouffle glacé des tempêtes
Epargne les myrtes nouveaux
Dont les Plaiſirs parent nos têtes.
Ce n'eſt pas à la Cour des Rois
Qu'habite la paiſible Aſtrée,
Il faut que l'Ame quelquefois,
Au ſein du tumulte enivrée,
Revienne dans le fond des bois,
Trouver ſa raiſon égarée.
Malheureux qui craint de rentrer
Dans la retraite de ſon Ame;
Le cœur qui cherche à s'ignorer,
Redoute un Cenſeur qui le blâme.
Peut-on ſe fuir & s'eſtimer?

On n'évite point ce qu'on aime :
Qui n'ose vivre avec soi-même,
A perdu le droit de s'aimer.
Pourquoi déserter nos campagnes,
Quand les sauvages Aquilons
Chassent du sommet des montagnes,
La pauvreté dans nos Vallons.
L'aspect des miseres humaines
Est plus touchant qu'il n'est affreux ;
Craint-on de voir les malheureux
Quand on veut soulager leurs peines ?
Le front du Riche s'obscurcit,
Et l'aspect du malheur le blesse ;
Dans le séjour de la mollesse
Le cœur se ferme & s'endurcit.
Trop fiere de ses avantages,
La Ville détourne les yeux
Du sombre tableau des Villages,
Dont les toits, couverts de feuillages,
S'ouvrent aux injures des Cieux.
Tranquille sous un dais superbe,
A la clarté de cent flambeaux,
On ne voit point, dans nos Hameaux,
La Pauvreté disputer l'herbe
Aux plus féroces animaux.
Auprès d'un foyer magnifique,
On bénit le farouche Hiver,
Qui, dans un Salon pacifique,

Respecte la douceur de l'air.
On croit que la Misanthropie
Aigrit les maux qu'on ne sent pas ;
Ainsi le Luxe, dans ses bras,
Engourdit notre ame assoupie.
Honteux d'aimer, fiers d'être ingrats,
Dans des intrigues puériles
Nous épuisons nos cœurs stériles,
Moins sensibles que délicats ;
Le dégoût nous rend difficiles,
Impatients & bientôt las :
Nous traînons nos jours inutiles,
Nous rêvons, nous ne vivons pas.
Loin de moi le triste systême
De censurer d'heureux loisirs,
C'est en faveur du plaisir même
Que je condamne nos plaisirs.
Il n'est point d'hiver pour le Sage,
La terre qu'Eole ravage
Plaît encor dans sa nudité ;
Les Monts entourés d'un nuage,
Imposent par leur majesté ;
L'aspect de Neptune irrité,
Frappant en fureur son rivage,
Répand sur tout son Paysage
L'ame, la vie & la fierté ;
Et la Campagne plus sauvage,
Ne perd pas toute sa beauté.

Malgré l'effroyable peinture
Du défordre des Elémens,
L'Hiver lui-même a des momens,
Les ruines de la Nature
Plaifent encore à fes Amants.
Nos Hameaux auroient plus de
    charmes
S'ils étoient moins inhabités,
Et s'ils n'arrofoient de leurs larmes
Les biens qu'abforbent les Cités.
La Terre, en efclave fervile,
S'épuifera-t-elle à jamais
En faveur d'une ingrate Ville,
Qui change en tributs nos bienfaits ?
Enrichis des biens qu'ils moiffonnent,
Si nos Laboureurs qui friffonnent
Sous leurs toits de chaume couverts,
Jouiffoient du moins les hivers
De l'abondance qu'ils nous donnent;
Si le fleuve de nos tréfors,
Long-temps égaré dans fa courfe,
Remontoit enfin dans fa fource
Pour enrichir fes premiers bords,
Alors la mifere effrayante,
Dont la main foible & fuppliante
Implore un fecours refufé,
Béniroit l'image riante
De notre luxe humanifé.

Le cours de nos deſtins proſperes,
En répandant notre bonheur
Sur l'héritage de nos Peres,
Sauveroit la vie & l'honneur
Aux Eſclaves involontaires,
Que le fer ſanglant du Vainqueur,
Ou que la baſſeſſe du cœur,
Rendit jadis nos tributaires.
Tout malheureux eſt avili.
Chaſſez l'indigence importune,
Et le Village eſt ennobli ;
La Gloire y ſuivra la Fortune,
J'y vois ſon culte rétabli.

 Ranimons les Arts de Cybelle,
Forçons la Pareſſe rebelle
A ſurmonter la Pauvreté ;
En rendant la Terre plus belle,
Augmentons ſa fécondité.
Déjà, ſur la neige endurcie,
L'Hiver commence ſes travaux,
Déjà la tête des Ormeaux
Tombe ſous les dents de la ſcie.
Le bruit redoublé des marteaux
Retentit au pied des montagnes,
Et le plus groſſier des métaux
Devient le tréſor des campagnes.
Le fer recourbé de Cérès
S'aiguiſe ſur la meule agile,

La Chaffe difpofe fes rets ;
La fournaife épure l'argile ;
Vulcain change en verre fragile
La fougere de nos forêts ;
Les Jeux & les travaux s'allient ;
Pour former nos fimples tapis ,
La paille & le jonc fe marient ;
Nos vœux , nos befoins qui varient,
Réveillent les Arts affoupis.
L'ennui , ce tyran domeftique ,
Dans nos Hameaux eft ignoré :
Ici le Pafteur défœuvré
Façonne fon Sceptre ruftique ;
Ici le chanvre préparé
Tourne autour du fufeau gothique ;
Et fur un banc mal affuré ,
La Bergere la plus antique
Chante la mort du Ballafré ,
D'une voix plaintive & tragique.
O que ces objets innocens
Ont des droits fur l'ame d'un Sage ;
La Campagne la plus fauvage
Porte le calme dans nos fens.
    Les Loix de la Philofophie
Naiffent du principe du goût ,
Ce qu'on aime on le déifie ,
Et l'on peut être heureux par-tout.
Le charme feul de l'habitude

Me fait vanter la folitude ;
Jadis l'Hiver, loin de Paris,
Effrayoit ma folle jeunesse,
Je croyois, dans nos champs flétris ;
Voir les rides de la Vieillesse ;
Ces bois blanchis par les frimats,
Où j'entretiens ma rêverie,
Ce fleuve, dont l'onde chérie,
Ranime nos sombres climats,
Qui, pour embrasser la prairie,
Ouvre, étend & courbe ses bras ;
Ces lieux, pour moi remplis d'appas,
Etoient jadis la Sibérie ;
Jusques dans l'ombre des déserts,
Le bruit séduisant des Théatres
Venoit étouffer les concerts
De nos Villageoises folâtres.
Le Luxe environné des Arts,
Roi d'une Ville singuliere,
Changeoit le Village en chaumiere,
Et préfentoit à mes regards
Nos bons & naïfs Campagnards
Marqués du crayon de Moliere.
Je regrettois la liberté
D'un Spectacle aimable & fantafque,
Où l'on prodigue fous le mafque
Le menfonge & la vérité ;
L'afyle élégant & champêtre,

Où deux Amants font renfermés,
Moins par le plaisir d'être aimés
Que par l'orgueil de le paroître;
Ces longs foupers où l'on redit
Toute l'histoire de la veille,
Où l'enjoûment fe refroidit
Si la Satyre ne l'éveille;
Où le Vaudeville fatal
Eft modulé par les Orphées;
Ou le Vin verfé par les Fées,
Coule dans l'or & le criftal;
Enfin le tumulte & l'orgie,
Vénus & fes Temples ouverts,
L'image des Arts réfléchie
Sur les glaces de nos déferts:
Tout, au féjour de la licence,
Appelloit mon cœur égaré,
La Ville avoit défiguré
L'heureux féjour de l'innocence.
  Aujourd'hui que l'âge a muri
Les conseils de l'expérience,
Que mon cœur enfin s'eft guéri
Des fougues de l'impatience,
L'Hiver n'eft plus fi rigoureux,
Le défert remplace la Ville,
Où je crois vivre plus tranquille
Là je m'eftime plus heureux.
Nos Donjons, nos Tours délabrées,

Monumens antiques des Gots,
Sont moins affreux que les Magots,
Dont nos maisons son décorées ;
Sans aimer la grossiereté
De nos Ayeuls encor barbares,
Leur aimable naïveté
M'attache à leur travaux bisarres,
Le Chevalier, le Paladin
Viennent remplir mes rêveries,
Et je lis dans leurs Armoiries
Les guerres du grand Saladin,
Leurs tournois, leurs galanteries
Emprints fur un marbre grossier,
Revivent dans ces galeries
Où l'Amour tout couvert d'acier,
Au lieu des guirlandes fleuries,
Orne sa tête de laurier.
Un amas de lances rompues,
Est le trésor de ce château ;
Les Aches-d'armes, les Massues,
Les Arcs s'élevent en monceau.
Dans cette Tour mal réparée,
Quel objet frappe mes regards ?
De fer la muraille entourée,
Des Pigeons perchés fur des darts,
La Colombe de Cythérée
Y boit dans le casque de Mars.
Partout le flambeau de l'Histoire

Eclaire à mes yeux le paffé.
J'apprends au livre de Mémoire,
Livre utile, & prefque effacé,
Que l'homme a toujours mal placé.
Le Temple où préfide la gloire.
Le Tableau de l'antiquité.
Séduit par fa douce impofture;
Mais aux yeux de la vérité,
Le vieux tems n'eft beau qu'en peiture.
Le Chalumeau des Troubadours,
Le Luth du bon Roi de Navarre,
N'égaloit pas l'humble Guittarre
Des moindres Chantres de nos jours.
Ami de nos Ayeux célébres,
Je ne veux point reffufciter
Leurs fiécles couverts de ténébre,
Qu'un jour plus pur vient d'écarter.
Quelle ame inhumaine & groffiere,
De notre ignorance premiere,
Regrette les tems révolus ?
L'erreur eft un malheur de plus,
Moins notre efprit a de lumiere,
Moins il éclaire nos Vertus.
Dois-je imputer à la culture
Ces ronces, ces chardons épars,
Qui dévorent la nourriture
Des bleds naiffans de toutes parts ?
Loin de moi femblable impofture,

Les Arts fecondent la Nature ,
Nos vices corrompent les Arts.
   Telles font les fages penfées
Dont j'aime à nourrir ma raifon ,
Tandis que les neiges preffées
Couvrent le toit de ma maifon.
Seul , & fouvent heureux de l'être ,
Je me fais un utile jeu
De voir confumer par le feu ,
Le tronc vénérable d'un heftre.
Cet arbre fembloit au Printemps
Régner fur tout le païfage ,
La mouffe & la rouille du tems
Déceloient feules fon grand âge :
Ses ramaux panchés à l'entour
Formoient un temple pour les graces ,
A fon pied l'on voyoit les traces
Qu'imprimoient les pas de l'Amour.
Cent ans il repouffa la Guerre
Des acquilons impétueux ,
Inébranlable & faftueux
Il fouloit le fein de la Terre :
Son front brûlé par le Tonnerre
En étoit plus majeftueux.
Quels Dieux ont caufé fa ruine ?
Un Bucheron foible & courbé
A frappé l'arbre en fa racine ,
Le Roi des forêts eft tombé.

Aidé d'une fombre lanterne,
Le foir je dirige mes pas,
Vers l'antique & vafte caverne
Ou le Neftor des climats
Raffemble, police & gouverne
Tous les Bergers de ces Etats;
Dans cette grotte mal taillée,
La fœur aimable de l'Amour,
Appelle fur la fin du jours
Nos Bergeres à la veillée.
L'Amant d'Io débarraffé
Du foin de fillonner la plaine,
Y réchauffe de fon haleine
Philemont que l'âge a glacé,
Lizette & la jeune Philenne
Des arbres en cercle arrondis,
Forment le ruftique théâtre
Où la Villageoife & le Paftre
S'aiment comme on aimoit jadis.
Une Lampe à triple lumiere,
Que l'air agite & fait pancher,
Découvre à l'affemblée entiere
La profondeur de ce rocher.
C'eft là que les longues foirées
S'écoulent comme des momens;
Nos Fêtes dans ces lieux charmans
Naiffent fans être préparées,
La Romance, le Fablio

Nous content leurs douces fornettes;
Ici le faste de Clio ,
Sont des Recueils de chanfonnetes.
Ici l'on tient la Cour d'Amour ,
Si redoutable aux Infidelles
Où l'on couronne tour à tour
Les plus Galands & les plus Belles ,
Où les Ingrats & les Cruelles
Sont condamnés le même jour.
Ici l'accufé doit répondre ,
Le Juge ordonne , on obéit ,
Chaque amante a droit de confondre
Le perfide qui la trahit.
Un foir dans ce Sénat champêtre ,
Eglé , Bergere de vingt-ans ,
Nous dit qu'elle fauroit peut-être
Une Hiftoire de fon Printemps.
Alors toute la troupe émue
Se rapproche pour écouter ,
Le feul Myfis baiffoit la vue ,
Eglé commença de compter.
Une Bergere affez jolie
Donna fon chien à fon vainqueur;
Quand elle eut fait cette folie
Il fallut bien donner fon cœur.
En aimant on fe croit aimée ,
Comment ne l'eût-elle pas cru ?
Le pouvoir qui l'avoit charmée ,

A chaque inftant s'étoit accru ;
Plus fa foiblefle étoit extrême,
Plus l'Amant devient impofteur ;
Hélas ! comment croire menteur
Un Berger qui dit je vous aime ;
Un cœur fincére ne craint rien ,
Mais cette affurance eft fatale :
La Bergere apperçut fon chien
Sur les genoux de fa Rivale.
Le voile alors fe déchira :
Tout fut changé dans la Nature ;
L'Amour , le Tems , rien ne pourra
Guérir fa profonde bleffure ,
Je la connois , elle en mourra.
A ces mots Eglé fond en larmes,
Et Myfis tombe à fes genoux ;
Quoi ! dit-il, j'ai bravé vos charmes ;
Mon cœur s'eft éloigné de vous ?
Le fupplice eft égal au crime ;
J'étois aimé , je fuis haï ,
Je vivrai , je mourrai victime
De mon amour que j'ai trahi. . .
Mon cher Myfis , Eglé t'adore ,
Jamais tu ne fus condamné ,
Si ma fierté t'accufe encore ,
Mon cœur t'a déja pardonné :
Elle dit , fa voix affoiblie ,
Expire, & Myfis à fes pieds.

Les yeux dans les larmes noyés,
Détefte un crime qu'elle oublie.
Alors un murmure flatteur
Célebre ce retour fi rare ;
Les maux dont l'Amour eft l'auteur,
Deviennent, quand il les repare,
La fource de notre bonheur.
Ainfi la plus fombre journée
Peut s'écouler dans le plaifir ;
L'art d'adoucir fa deftinée,
Eft l'art d'occuper fon loifir.
Le Sauvage de la Norveige,
Cet Automate faineant,
Voifin des montagnes de neiges
Qui le féparent du néant,
Dans nos plus triftes folitudes,
Croiroit voir l'Ifle des Amours ;
Les Nuits que nous trouvons fi rudes,
Seroient pour lui les plus beaux jours.
Jouiffons de nos avantages,
Quittons en foule nos Villages,
Le vent fe léve à l'Orient,
Et le Ciel vainqueur des Orages,
Nous montre un vifage riant.
L'Hiver plus vif & moins à craindre
A levé fon voile odieux ;
La Terre ceffe d'être à plaindre
Quand le Soleil brûle à fes yeux.

Déja les neiges des Montagnes
Resplendissent de tous côtés ,
La robe blanche des Campagnes
Etale ses plis argentés ;
La goute d'eau que l'air épure
Se change en perle en se formant ,
L'Hiver dans toute sa parure
Nous montre sa riche ceinture ;
Et des chaînes de Diamant ,
Semblent réserrer la Nature ,
Fleuve dont le cours inégal ,
Arrose nos plaines fécondes
Sous une voute de cristal ;
Borrée emprisonne les Ondes :
Nos Villageoises vagabondes ,
Osent parcourir son canal.
Et toi, montagne infortunée ,
Séjour éternel des hivers ,
Où la Nature abandonnée
Régne sur des tombeaux ouverts ;
Dans tes cavernes effroyables.
Dans tes abîmes si profonds
Que la faim rend impitoyables ;
Courons tandis que le jour luit ,
Attaquer les monstres sauvages ,
Qui dans les ombres de la nuit
Exercent leurs cruels ravages.
Foudroyons ces lions dévorans,

Ces ours deſtructeurs de la terre ;
Que la chaſſe ainſi que la guerre,
Nous arment contre nos tyrans,
Défendons nos Hameaux tranquilles ;
Sauvons nos Bergers & nos Biens,
Et que nos plaiſirs ſoient utiles
Au repos de nos Citoyens.
La ſanté de fleur couronnée,
Naîtra de ces légers travaux :
Et nous verrons avec l'année
Eclore des plaiſirs noùveaux.
Bientôt cette chaleur puiſſante
Qui reſſuſcite l'Univers,
Bientôt la Séve renaiſſante
Fondra la glace des hivers.
Ces eſprits qui peuplent l'Averne,
Ces vents enfantés par le Nord,
S'endormiront dans la Caverne
Où régne Borée & la Mort ;
La Beauté, la Force, la Vie
Rendront à la Terre ravie,
Et ſes tréſors & ſes couleurs ;
La peine du plaiſir ſuivie,
Se repoſera ſur les fleurs.
,, Délices de la double Cime,
,, Toi, dont les vers mélodieux
,, Rendirent Euterpe ſublime,
,, Et les Hameaux dignes des Dieux ;

,, Virgile, reçois mon hommage.
,, Ma Mufe au pied de ton Autel ,
,, Dépofe en tremblant , un ouvrage
,, Que ton nom peut rendre immortel.

F I N.

www.ingramcontent.com/pod-product-compliance
Lightning Source LLC
Chambersburg PA
CBHW060803180626
46818CB00002B/683